아프지 않다
외롭지 않다

아프지 않다 외롭지 않다

초판 1쇄 2014년 10월 24일

지은이 김일연
펴낸이 김영재
펴낸곳 책만드는집

주소 서울 마포구 양화로3길 99 4층 (121-887)
전화 3142-1585 · 6
팩시밀리 336-8908
전자우편 chaekjip@naver.com
등록 1994년 1월 13일 제10-927호

ISBN 978-89-7944-439-1 (03810)

아프지 않다
외롭지 않다

김일연 시집

책만드는집

시인의 말

오늘 비와 바람이 들풀을 쓰러뜨리고

내일 비와 바람이 들풀을 일으킵니다.

쓰러뜨리고 일으키는 비와 바람이

들풀을 자라게 합니다.

기도하는 어머니처럼

빈 들판이 고개를 숙이고 있는 저녁입니다.

2013년 여름

김일연

| 차례 |

그리운 것은 가고 오지 않는다

사람은 가고 없어도 사랑은 남습니다

서로에게 부어줄 한 모금 물이면 된다네

갈대와 바람처럼

지상의 시간과 사람의 삶도

그렇게 이어져 갑니다.

지금 여기 숨 쉬고 있는

나는 너에게 너는 나에게

작은 위로가 되고 싶습니다.

날아간 새의 길은
지워져 아득하여라

그리움

참았던 신음처럼 사립문이 닫히고

찬
이마 위에
치자꽃이 지는 밤

저만치, 그리고 귓가에

초침 소리
빗소리

새

점 하나 작을수록
허공에서 자유입니다

울음도 노래 되는
햇빛의
통로

점 하나 가벼울수록
절망에서
자유입니다

도배한 날

촘촘히 녹슨 못이 뽑아지지 않았다
부러지고 굽어지고 시멘트 살점 부서지고
어머니 가슴의 못처럼 퍼런 울음 굳었다

낡은 집 지탱해온 건 이 못들이었을까
아파도 살아온 역사 살 속에 보듬어 안은
벽들도 흐느끼는 것을 그 밤 처음 알았다

이따금 어머니가 뒤척이실 때마다
덜 마른 풀 냄새의 모과꽃은 유난히 피어
무명필 펼쳐놓은 새벽 부활로 받아 든다

아침 기도

이른 아침 눈을 뜨면 나도 몰래 눈물이 나
철없던 스물부터 철 지난 지금까지
간절한 그 무슨 바람이 있는 것도 아니련만

스물의 사랑 앞에
삶 앞에
죽음 앞에

그보다 두려운 것은 사람의 쓸쓸함 앞에

나 항상 새로 눈뜨며 가만히 눈물이 나

국숫집에서

어머니와 마주 앉아 국수를 먹었습니다

해 좋은 유리창 밖 밀물처럼 오는 봄

새들이 날아가는 소리 호르륵호륵 내면서

한 그릇 다 드시고 매콤해서 별미로구나

철쭉꽃에 겹치는 주름꽃 환한 웃음이

쭈르륵 미끄러지는 인라인스케이트 타고서

꽁치 한 마리

아홉 마리 삼천 원에 떨이로 산 꽁치를

소금 뿌려 차곡차곡 갈무리해 얼려놓고

작은 놈 한 마리 구워 저녁상을 보신다

어둠 내려앉으면 돛배 같은 열네 평

같이 먹잘 이도 없이 한 벌 수저 소리만

어머니 적막강산이 바다를 잡수신다

고니의 잠

뾰족한 부리는 날개 밑에 접어두고

둥글게 구부린 목은 몸속으로 묻었다

한없이 내면을 향한 원형의 시간이 있다

사라진 내가 아프다

무성하던 목숨이 톱날에 베어지고

밑둥치만 남은 곳에 새 움이 돋아날 때

왜 그리 못할 짓인가 그 생나무 보는 일이

잘려 나간 몸통이 아파오는 환상통

푸르른 그리움은 어쩌지 못하였구나

그대가 떠나간 후에 사라진 내가 아프다

겨울의 동화

그해 겨울 유난히
폭설 쏟아지고
희방사 가는 길은
아리도록 푸르러

흰 새들 눈시울 아프게
날아오고 있었어

눈을 쓸며 간신히
건넜던 외나무다리
무거운 짐을 내려
이정표에 앉히고

나누던 다디단 찻잔
그런 슬픔
한 모금

엎드려 별을 보다

예쁜 네가 보고 싶어 어깨를 수그린다

허리를 구부린다
무릎을 접는다

봄풀은 하늘 땅바닥에
별꽃 무더기를 피운다

두꺼운 안경을 벗고 마이너스 디옵터의 시력으로

별을 엎드려 보는
나는 행복하다

우주와 맨눈으로 맞춘 초점

가장 낮게
순하게

목련화

눈 둘 데 차마 없어 멀리서만 바라고

이만큼 비켜서서 옷자락 몰래 보고

짧은 날 그렇게 가고 기다림만 남습니다

삶의 고통 속으로 들이붓는 폭음보다

죽음의 고통 위에 꽂는 아편보다

내 앞에 꽃피는 그대 더 아픈 환각입니다

붉은 서쪽

밥은 먹고 다니냐 물어줄 아버지

묻히신
산에
이제야 돌아왔네

누가 날
용서해주랴

붉은
서쪽을 보네

신발

싸릿재 고갯마루 화절령 하늘길을

바람으로 노래로 떠도는 마음 말고

닳도록
흐르는 것에

물
삶
신발

아름다움의 근원

우주 먼지 알갱이가 만들어내는 별빛
못난 돌멩이들이 만들어내는 물소리

이 밤의 아름다움의 근원은

돌멩이다
먼지다

세상 등불이 꺼진 깜깜한 어둠이라도
난 그런 돌멩이
그런 먼지다 생각하면

사랑도 혼자 가는 길도

아프지 않다
외롭지 않다

찔레꽃가뭄

미순이 흰자위 빛 찔레꽃

핀다
핀다

맨드라미 벼슬 빛 뻐꾸기

운다
운다

소나기 한줄기 맞아라

사람아
가문 사람아

물꽃

그저
물인 것을
바위인 당신 만나

일말
주저 없이
산산이도 부서져

당신을 감싸 안으며

나를
꽃 피웁니다

들국화

놀 지핀
강줄기는
하늘로 들어가고

바람 빛
구름의 춤
산허리에 감겨 오는

그맘때
어느 오솔길에
두고 온 발자국 같은

옷가게에서

점원인가 하고 마네킹을 바라본다

마네킹인가 하고 점원을 바라본다

누군가 날 바라본다 사람인가 하고

점원인가 하고 마네킹에게 말을 건다

마네킹인가 하고 점원을 지나친다

인생이 날 지나친다 마네킹인가 하고

섬

잡힐 듯
잡힐 듯이
밀려오던 함성이

썰물처럼 빠진 뒤

부서져
일어선다

심판이 내 손을 든다

링 위에는
나 혼자

가을 산

가을 산 올라본 지
몇몇 해 되었습니다

억새풀 꽃 속에서
눈 마주친 들국화

내 안에 설운 첫사랑
못 잊는 날 오래랍니다

가을 산 마주본 지도
하마 오래되었습니다

날 가고 해가 가면
더욱 붉은 생채기

내 안에 앉은 가을 산
단풍 든 지 오래랍니다

사랑을 믿는다

열매도 없이
꽃이 시들었네

꽃 진 그 자리에
애절했던 눈물만

눈물만 남아 있기에
그 사랑을 믿는다

날아간 새의 길은 지워져 아득하여라

저녁놀 무릎 접고 누워 있는 여기는
나지막한 불빛 단 그 시절의 골목길
옛사랑 옷자락인가
오므린 분꽃 송이

돌담에 귀를 대고 그대를 기다리며
가장 황홀한 시간 부르던 아픈 노래
내 아는 어떤 이름으로도 넘지 못한 허방을

날아간 새의 길은 지워져 아득하여라
어둠으로 껴안았던
빈사의 별빛, 별빛
앞지른 시간의 갯벌을 건너
가야 할 곳 모르겠네

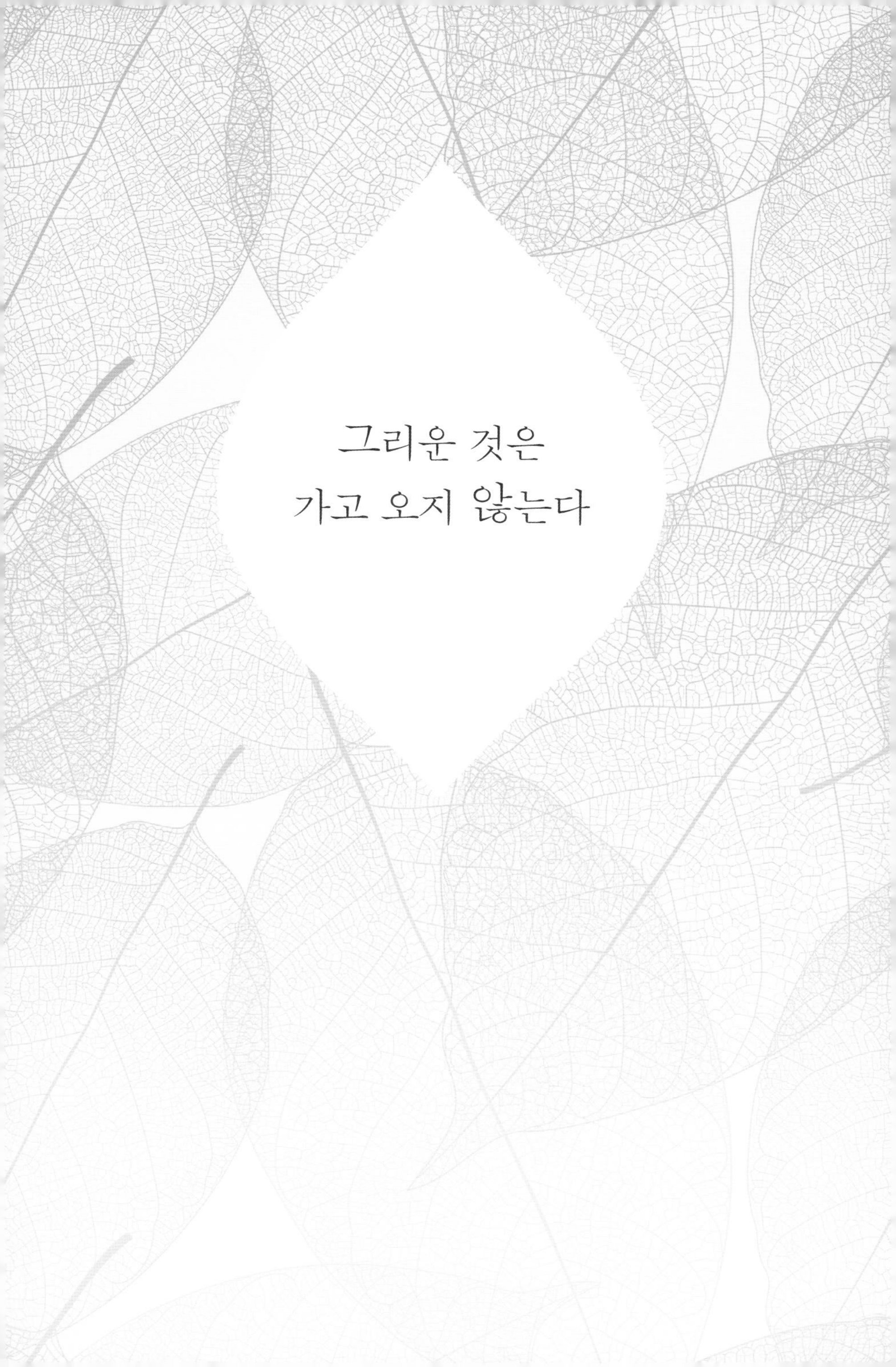

그리운 것은
가고 오지 않는다

수선화

물 좋은 청어 잠든
저녁 바다 닻 내리고

구원을 기다리는
마법의 성채 아래

밀려와 세레나데 부른다

부딪는 은빛 종소리

새벽달

만 리 밖에 바람 보내고
서러운 건 보내고

내 뜨락
빈 가지에
금지환을 끼우며

녹슨 문
열어달라고
들어가고 싶다고

사랑

자잘한 가지 사이 나도 한 땀 가지 되어

손끝 발끝 아슬아슬 뻗어본다 자벌레로

이토록 나무가 된다

네가 된다

어둠이여

가을이 진다

허공을
베어내며
햇살이 미끄러진다

툭,
지는
세상 저편
그 잎이 이고 있던

눈 시린 하늘 한 장이

손바닥에
앉는다

제주, 바람이 불고 있다

겨울 오는 갈대숲에 바람이 불고 있다
고꾸라지며
뒹굴며
몸서리치는 저것은

서 있는 갈대가 아닌
그를 흔드는 바람이다

빈 벌판을 삼천 배 눕혔다 일으켰다
빛인지
그림자인지
흰 등을 내주고 있는

저것은 갈대가 아닌

아득한 시간이다

별

연필을 깎아주시던 아버지가 계셨다

밤늦도록 군복을 다리던 어머니가 계시고

마당엔 흑연 빛 어둠을 벼리는 별이 내렸다

총알 스치는 소리가 꼭 저렇다 하셨다

물뱀이 연못에 들어 소스라치는 고요

단정한 필통 속처럼 누운 가족이 있었다

낙법, 한번

낙법, 한번 배웠다 그렇게 생각해
무수한 꺾임으로 별빛은 온다잖아
상처가 빛이 되도록 내 안에 불을 켜자

봄 어느 날

꽃은 나무의 울음
겨우내 참았던 울음

목련화가 피듯이
꽃이
지듯이

그렇게 그대 몸속에
나를 울고 싶어요

살아도
살아봐도
가슴 아픈 날이면

밥 잘 먹고 똥 잘 누고 오줌 잘 누면
낫듯이

눈부신 세상 밖으로

나를

누고 싶어요

울고 있는 풍경

콘크리트 쇠붙이 벽돌 타일 유리에

바보야, 이 바보야 눈보라는 때리고

바보야, 이 바보야…… 하며 눈시울이 젖는 골목

콘크리트 쇠붙이 벽돌 타일 유리에

춥지……, 춥지 하며 눈송이는 덮이고

아프지, 아프지 하며 온몸이 우는 도회

그리운 것은

– 청도역에서

구름의 봉홧불이 날마다
피어오르고
바람은 옷자락을 한사코
흔들어봐도
끝끝내
그리운 것은
가고 오지 않는다

눈물 콧물 먹고 큰 맨몸의
살이 먼저
눈부신 저 햇살 속을 황홀히
다쳐 오는데
끝끝내
소멸하는 것은
와서
가지 않는다

풀잎에게 배우다

비에도
땡볕에도
바람에도
지지 않고

여린
연둣빛들
일어선다
자란다

고난은
용수철인 것
풀잎에게 배우다

말없음표를 위하여

마음이 다녀가는 길엔 말도 글자도 없다

수다로도 침묵으로도 다 할 수 없는 그곳을

물에 뜬
징검다리 디디듯
저어하며 가시라

서울 엽신

밥으로 살지 않고
기계로 살지 않고

사람으로 사는 일
아직
늦지 않았으리

무성한 여름 숲에 가

길을
다
잃고 싶다

화병의 꽃

머금은 웃음 뒤에
울컥
토하는 울음

아물지 않은 아픔이 이글대는
누우런 빛

깨어진 유리 조각 같은
날카로운
그 향기

다시
일어서자고
너에게 손을 내민다

성난 유리 조각과 나누는

고통의 악수

그보다 완전한 절망일 때

나에게
손을 내민다

토끼풀 여린 한 잎

시멘트 모래 물 뒤엉겨 돌아갈 때

아뿔싸!
휩쓸렸네
문명의 레미콘에

찢기고
으깨어지면
돌이 될 수 있을까

수미산 반딧불이

수미산 반딧불이는 수미산 반딧불이인 줄
모르고 살 때가 좋았지

수미산 반딧불이가 수미산 반딧불이인 걸
불침 맞듯 알아버린 후이면

기막혀 어이 견디리 속 터져 죽고야 말지

낙화

상성에서 하성으로
뚝, 지는
서도 소리

너 없이 못 살레라
차마 말을 못 하고

한 조각 붉은 마음을

모질게도
베었네

꽃 화분

봄날 솜사탕만한 꽃 화분을 놓았다

틈새 없이 부푼 꽃잎들이 바다였다

그 꽃을 보는 날마다 내 마음이 바다였다

야생화

한반도 따라가는
적요의
오솔길에

티끌보다 가벼워
가벼워
빛나는 슬픔

할미꽃
애기똥풀에
숨은 듯이 피었네

선물

콩 심었다 하여도 콩 나지 않는 밭

부치게 안 가꾸면
싹이 트지 않는다

아둔한 나에게 주신

하느님의
선물이다

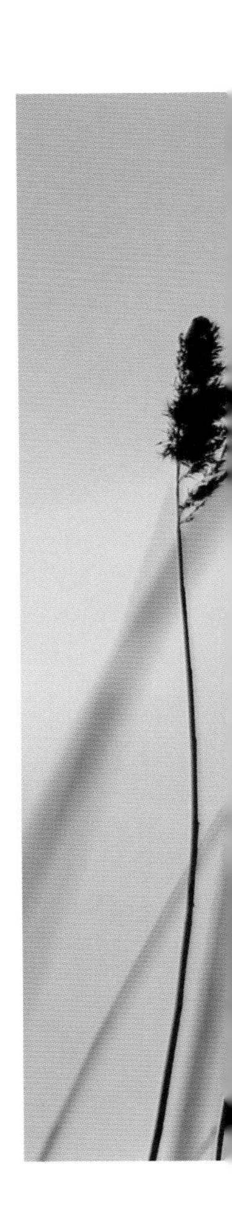

사람은 가고 없어도
사랑은 남습니다

눈머는 깊이

꽃은
눈멀어
몸을 다 연다

그마저 없다 하면
봄가을
우예 살꼬

눈머는 그 깊이 아니면
무엇을 하리

짧은 날을

묵매*

고양이 발자국이 점점이 다녀간 후

매화
먹 가지에
물오르는 환한 밤

우물에 별자리인 양 뜨고 있는 괭이눈꽃

가느다란 붓끝이 찍고 간 눈동자에

별빛
모아
불꽃 일 것만 같다

봄밤에 다녀가시라고
끈
풀어놓는다

* 표암 강세황(1713~1791)의 <묵매도>

매생이국

자다 문득 한 짐 눈 겨워 뜨는 밤이면

매생이 국물 속에 까무룩 잠겨 있다

너 없이 숨 쉴 수 없어 먹먹히 갇혀 있다

그리움이 넘치면 사람으로 못 살고

살도 뼈도 다 녹은 한 뭉치 매생이 되어

어둠의 바다 가운데 파도 아래 그 어디

목련달빛

뒤울안 헛간 위로 물고기가 날던 집

불타는 개 한 마리 뛰어 들어온 그 밤

담장에 목을 내놓고 피 흘리던 목련달빛

깊푸른 우물 속에 칠면조가 잠든 집

살쾡이 눈초리가 훑고 간 마루 밑에

아기를 뱃속에 품고 숨죽이던 별빛풀꽃

미나리아재비와 애기똥풀

너는
나인 듯이
나는 너인 듯이 서서

해 났다 햇빛 쬐자 눈물 담고 웃는다

여기서 돌아가지 말자

산언덕에
나란히

사람이 좋다

봄 여름 가을 겨울 살다 보면 어느덧

꽃보다 상처이고 사랑보다 사람이라

사랑은 가고 없어도 사람은 남습니다

가을 겨울 봄 여름 살다 보면 또 어느덧

상처 여물어 씨앗 눈비 녹이는 햇살

사람은 가고 없어도 사랑은 남습니다

모항 가는 길

변산 눈물 줄기같이 흐르는 길을 돌아

눅진한 초록으로 하늘 닿은 풀잎들

그 풀잎 따라서 가면 눈을 적시는 바다

우리 함께 바라본 곳은 왜 그리 그리운가요

그리워 못 잊는 사람 빗속에 젖어가고

그 비를 따라서 가면 마음을 적시는 바다

꽃 벼랑

이 좁은
단칸방에

어떻게 널 들일까

진달래 울음 속은
와 저리
불이 타노?

움쳐야 날아도 보제

벼랑
앞에
와 섰노?

눈 오는 저녁의 시

어둠에 손을 씻던 맑은 날들을 길어

내 언제 저렇도록
맹목을 위하여만

저무는 너의 유리창에 부서질 수 있을까

무섭지도 않으냐 어리고 가벼운 것아

내 정녕 어둠 속에
깨끗한 한 줄 시로만

즐겁게 뛰어내리며 무너질 수 있을까

물소리

그대에게서 오는 물소리에 젖는다

낮잠도 노래도 물소리에 젖는다

세상이 다시 촉촉한

첫날로
설레다

단단한 두 어깨가 물 아래 흔들린다

내게서 간 물결도 그대를 적시는가

세상이 다시 촉촉한

첫날로
설레시는가

인간의 묘지

홀로 남겨진 검은 물새 한 마리

갯벌에 박혀 있는 부서진 조각배가

아프게 바라보고 있다

적출된
새만금 자궁

한 줌 꽂혀 있는 허리 꺾인 갈대 줄기

땡볕에 누워 있는 찢어진 장화 한 짝이

멍하니 바라보고 있다

마르는
어미의 무덤을

고독

세상 구석구석을 다 구경하고 온 이가

가지 못한 곳만이 진정 아름답다 하길래

내게도 있다 하였지

내 마음속

오지

어머니

비바람 눈보라에 제일 먼저 닿는
탑신

제일 밑바닥에 남아 사람 만드는
초석

온몸이
모서리가 된
둥근 이름
어머니

겨울 아침

눈이 왔다, 여기는 다시 눈부신
폐허

저 희고 광막한 고요
그 사무침으로

일어나
쌓인 눈덩이를
한 삽씩
퍼내야겠다

겨울 편지

소설입니다 설핏한,
마음에 눈이 옵니다

무릎을 꺾듯이
급기야 폭설이 되고

나무가 쓰러집니다
산이 무너집니다

용서라는 말씀도
이처럼 한없을까요

나뉘어 간 길과 길들
처음으로 돌아와

말없이 합쳐지는 한때를
당신에게 부칩니다

폭포

한바탕 쏟아짐이 시원하지 않으냐
밤낮 쏘아대는 철없는 화살 뭉치를
말없이 받아주는 깊이가 또한 좋지 않으냐
네 모양 내 모양이 아무리 다를지라도
맹목의 부딪침에 상처 하나 없으니
진실로 사랑하는 사람아 눈물 나게 좋지 않으냐

먼 사랑

산으로 가신다면 강으로 가렵니다
앞으로 가신다면 뒤돌아 가렵니다
지평선 끝과 끝에서 둥글게 만날 때까지

산국

바닥없는 슬픔은 어디까지 깊은지

껴안아도 껴안아도 뼛속에 시린 한기

언 땅에 뒹굴어 나뒹굴어 목석처럼 누우리

그대도 나를 잊고 나도 그대 잊은 날

바람 든 청석바위에 억새가 날리면

그날에 서러운 것을 다시 울어보리라

초승달 풍경

가시는 그대 하늘 적막하지 않으리

그리우면
깎고
그리우면
깎아

아득한 처마 끝에다 매다는 나무 물고기

보고프면
북으로
보고프면
서으로

구름이 이리저리 삭은 뼈를 흔들면

참 맑은 종소리 울려
쓸쓸하지 않으리

이별

차돌 중에 돌이라도 굳은 맹세 깨어지면

움켜 가는 석핵과
떨어져 나가는 박편

그대여 가지고 가셔요

나는 이제

없습니다

서역 가는 길

드디어 어둠 오고 지상의 길 끊겼네
까마아득 하늘길로 그대에게 가리라
스러진 해와 달 넘어 바람은 불어 가리니

육신을 벗는다고 네가 그립지 않으랴
북한강 둑 풀섶에 망초꽃이 지는 날
이승의 노을에 잠시 고단한 몸 눕힌 것뿐

흙비가 내리면 흙비의 세례 받고
만년 설산 골짝에 시린 등을 비비며
언제나 떠나왔기에 돌아갈 곳 있으리

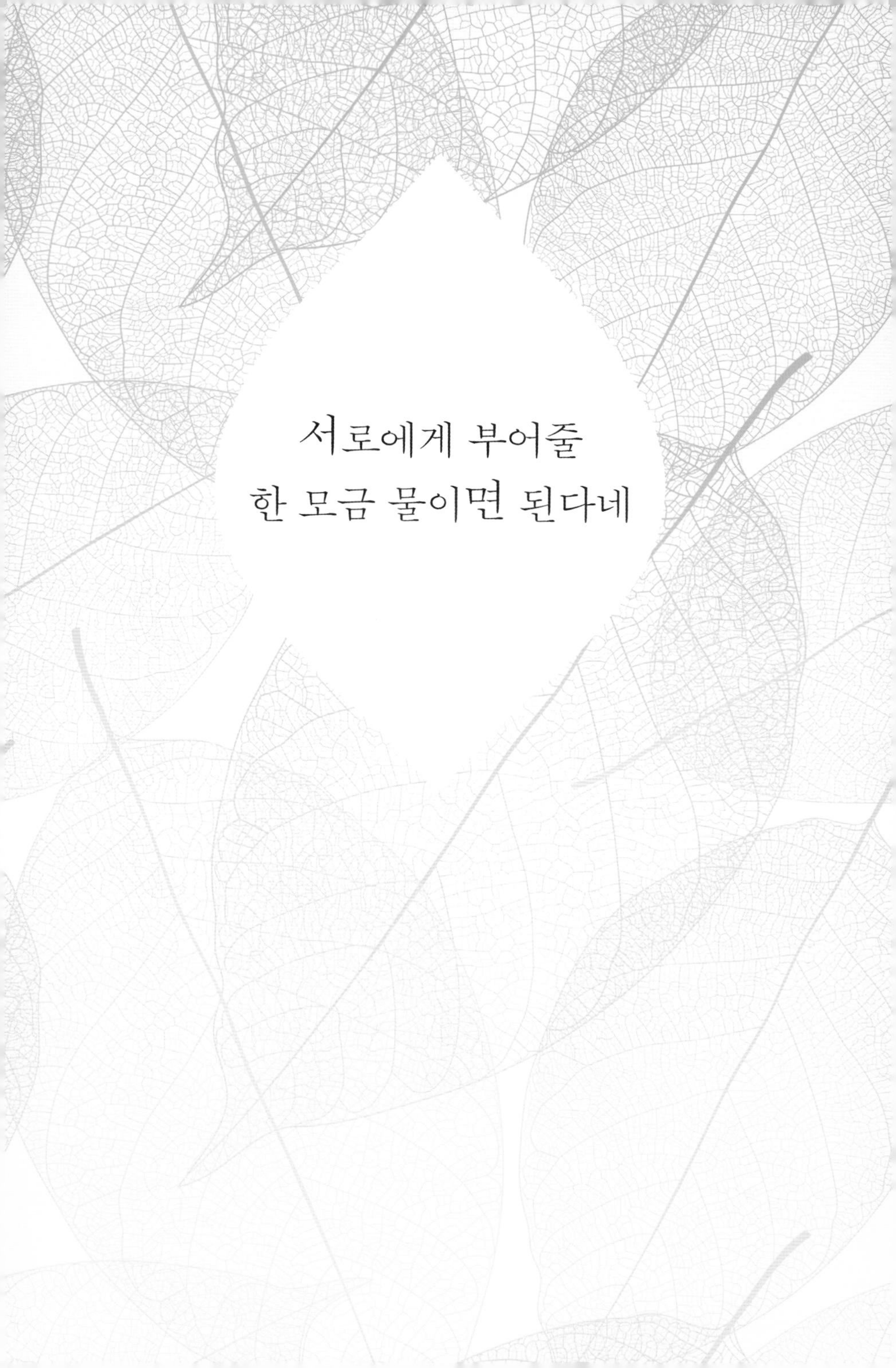

서로에게 부어줄
한 모금 물이면 된다네

가은역 들국화

바람 연풍 지나고 가을 성당 지나서
볏단 이울어가는 녹슨 철길 끝에는
마지막 이슬방울로 피어나는 연보라

화려한 콜로라투라는 비록 아닐지라도
서늘한 늦저녁에 들려오는 나의 첼로
어둠이 긴 활을 안고 너를 켜고 있으니

더 좋은 때 있으랴 우리 사랑하기에
짧은 추억 뒤에는 길고 긴 밤 오리니

더 이상 좋은 때 있으랴
우리
이별하기에

나를 발견하는 이

제 안의 부처님을 보이시는 돌멩이

제 안의 고운 날개 펼치시는 애벌레

내 안의 나를 발견하는 이는 그러나 바로 당신

그대 내게 오셨기에 돌을 벗고 허물 벗고

하늘을 건너가는 연푸른 나비처럼

내 안에 영혼이란 것도 있는 것을 알았습니다

산내리 비

바라만 봐도 좋을 맞으면 더 좋을
비가 되어 부슬부슬 산내리 걷다 보면
어느새 내 어깨 위에 어린잎은 돋아나고

빗물 먹고 부푸는 싱싱한 가지마다
먼 곳에서 돌아온 어여쁜 나의 새의
굳은살 여물어가는 발가락이 앉는다

걸어가는 나무 되어 젖는 들길 가다 보면
모자도 날려버리고 신발도 던져버리고
맨몸이 초록이 되어 뒹굴어 흐르고 싶다

바보 텃새

우리 집 바보 텃새는
철새를 사랑하여
터무니없는 기다림에
다시 날지 못하고
들어찬 바람 소리로
울어 울어 마르네

오뉴월에 왜 자꾸
눈만
내리지
내 키우는 사랑도
운명보다 멀면
한 조롱 갇혀 사는 일
부질없다 알지만

성인

못생기고
재미없고
배경 없고
능력 없는

나 만나 다 늙었다고 아내 등 쓸어줍니다

나 만나 고생했다고 남편 손 잡아줍니다

미시령 안개

동해가 붕새 되어 골짜기를 덮친다

삽시에 첩첩 산을 자욱이 가려버리고

바다가 그 큰 날개를 펴고 허공에 흩어진다, 아아

눈물에 젖은 몸이 젖어 무거운 몸이

숲머리 설악 하늘 구름 연꽃 속으로

설움이 그 큰 날개를 타고 아득히 흩어진다, 아아

눈길

눈길 미끄러우면 한 번 미끄러져 주자

엉덩방아 찧으니
닿을 듯 파란 하늘

웃으며
미끄러지자

살아 있는 좋은 날

완허당

먼 산 위로 둥둥 뜨고

숲으로

툭

떨어지고

허공에 드리워진 아스라한 줄 끝에

춤추는 자벌레 스님,

그 아래

내설악 계곡

비금도 해국

사랑의 힘이로구나, 폭풍우와 해일도

머리에서 가슴까지
찡하고
울리는

향기가 되어버리는 조그마한 꽃송이

당신이 좋아서 꺾일 듯 일어나는

아프지 않고서는 피어날 수 없는 행복이

춤추는 뒤꿈치를 하고
노랗게
살아 있구나

AB형

혈액형 점괘여요 난 AB형, 함께 있는
행복과 불행이죠 기쁨과 슬픔예요
절망과 희망이 서로
끊임없는
교신 중

저녁의 시

바람의 궤적 따라 가는 길은 멀어

산기슭 얼레지꽃 보랏빛 양산을 접으면
나는 도마 위에 감자를 썰고
차가워진 물주머니 불 위에 올리네
오늘 자란 옥수수의 뿌리만큼
턱수염 더 길어진
우리들 몇 번쯤 그리운 눈을 맞추고
무덤 속에 촛불을 켤 때
떠 있는 공의 저편을 향해
클레오파트라의 아이섀도같이 날아간

날아간 형광 나비를
너도 보았니

갯솜

서로에게 부어줄 한 모금 물이면 된다네

숨었던 부드러움이 무한 불어난다네

한 모금 물이면 된다네

⋮

무한 불어난다네

만종

내 귀는 기억할까 흑백사진 낡은 속을

시간의 바큇자국 그 안의 녹슨 고요

고요의 소실점에서 풍화하는 종소리

혼자

헤드라이트 불빛에 일렁이는 그림자

가만히
훔쳐보고
머뭇머뭇 돌아보는

나비야 밤의 모퉁이에 너는 외톨이구나

종일 오고
밤새 와도
눈사람 하나 없이

또 왔다, 찡그리고 염화칼슘 뿌리는

폭설아 이 도시에서는 너도 혼자로구나

금빛 화두

옷은 찬란할수록 거추장스러운 짐이라고

뿌리며
흩뿌리며
후려치는 금빛 죽비

이 순간

터지는 폭죽처럼
가을, 저 나무처럼

절집 차

녹음이 하늘 덮어 그윽한 그늘 아래

넘치게 뜨거운 찻물 자꾸 부어주시네

씻어낼 속진의 더께가 그리 많은가요, 스님?

행복

그대 부르기 전에
면도날에 베인다

이스트를 몰래 넣고
인생을 부풀려도

마음은 불완전연소
슬픔에
그을어 있다

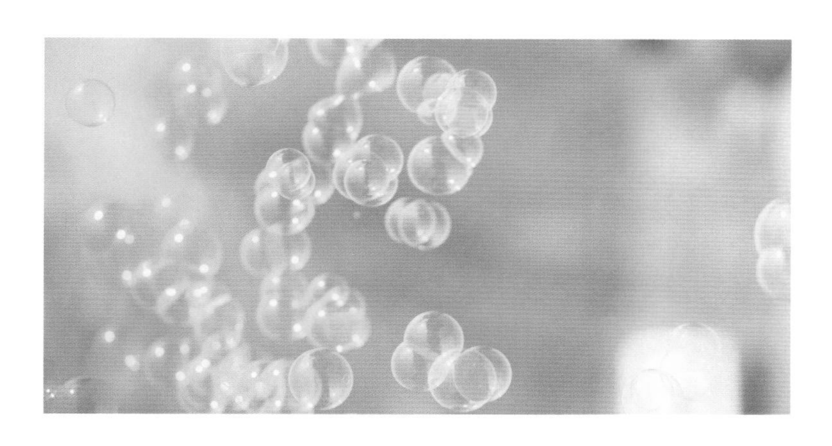

입추

밤더위에 길고양이 아웅아웅하더니

첫새벽 소나기 긋고 비둘기 구구 난다

싱싱한 매미 울겠다 들 잎사귀 산 잎사귀

이 비 다 그치고 산막 깨끗해지고

짙어진 밤이슬에 코스모스 젖는 날

앞 냇물 가을 잔고기들 환한 속 보이겠다

이름값

꽃이 피니 그 나무 때죽나무라 불리고

쇠똥을 열심히 굴려 쇠똥구리라 불리고

어둠에 불을 밝히니 반딧불이라 불린다

함박꽃나무 아래로

함박꽃나무 아래로 섶다리가 보이고

다리 아래 계곡엔 맑은 물이 흐르고

물 아래 흰 돌바닥엔 네 얼굴과 내 얼굴

자갈돌 하나 주워 살며시 던져보면

물꽃 따라 달아나는 붉은 구름 저녁 해

해 지면 하얀 어둠이 함박꽃나무 아래로

길이 끝난 곳에서 길은 시작됩니다.

그리고 그 길을 만드는 이는

다시 사람입니다.

내가 먼저 사랑하지 않으면

아무것도 그 누구도

마음을 열지 않습니다.

시인의 산문 1

우리나라의 바다 물빛은 깊습니다. 정한을 안고 있는 처연한 빛깔입니다. 소리를 깊게 하는 일은 한을 쌓는 일이라고 했던가요. 우리나라의 바다는 한을 쌓은 바다만이 낼 수 있는 파도 소리를 냅니다. 그 파도 소리를 듣고 갈대의 키가 큽니다. 목이 길어집니다. 여윌 대로 여윈 갈대는 바람에 휘어질 대로 휘어져 이마를 땅에 대고 바다에게서 배운 한의 소리를 내는 것입니다. 그리고 삶이 다할 때까지, 머리가 하얗게 셀 때까지 결코 꺾이지 않습니다.

갈대가 보는 것은 언제나 아득한 항로……. 견디기 힘들었을 것입니다. 그러나 그의 울음이 그를 지탱해주었습니다.

사람은 갈대와 같은 존재입니다. 생로병사의 시간이 그를 뒤흔듭니다. 살게 합니다. 고꾸라지고 뒹굴고 누우며 일어서며……. 그러나 뿌리를 땅에 묻고 있으므로 다시 제자리를 찾습니다. 바람이 모질게 몰아칠 때 달래듯이 받아주듯이 휜 등을 내줄 줄도 아는 갈대. 갈대와 바람처럼 지상의 시간과 사람의 삶도 그렇게 이어져 갑니다.

❁

지난봄 마지막 눈은 때아닌 폭설, 눈보라였습니다. 콘크리트 쇠붙이 벽돌 타일 유리를 때리며 장엄한 아우라에 감싸여 천지에 휘날리는 눈보라를 바라봅니다. 스스로는 아무것도 할 수 없이 마음만 아픈 콘크리트 쇠붙이 벽돌 타일 유리의 사랑은 바보 같은 사랑입니다. 금방 흙탕물에 휩쓸려버릴 줄을 알면서도 무작정 쏟아지는, 겁 없는 천둥벌거숭이 같은 저 눈보라의 사랑도 바보 같습니다.
춥지, 춥지, 하며 자꾸 덮어주는 눈송이에게 아프지, 아프지, 하며 제 모남을 저도 어찌할 수 없어 우는 도회. 극과 극은 통한다고 하지 않습니까? 도저한 이질적인 부딪침 속에서도 서로 아픔을 감싸 안으며 '울고 있는 풍경' 속의 그들은 더없이 사랑스럽기도 하였습니다. 사랑도 움직이는 것이고 변해야 할 때에 변하지 않는 사람은 바보라지만 눈물을 흘리는 눈을 가진 시의 사랑은 변하지 않습니다.

긴 겨울을 견디어 나무는 자신을 다스린 자만이 켜 들 수 있는 카타르시스의 꽃등을 켭니다. 콜로라투라처럼 현란한 자태를 뽐내는 꽃도 있고 벚꽃처럼 드라마틱한 꽃도 있고 고요한 아름다움을 내뿜는 리릭의 꽃도 있습니다. 기왕이면 기교에 지쳐 허무 속으로 떨어져 버릴 꽃이기보다는 가만히 누군가의 마음을 만져줄 리릭의 꽃을 택하겠습니다. 환자가 잘 먹고 잘 누면 의사들은 퇴원을 시킵니다. 다 나은 것입니다. 겨울을 지나온 봄의 꽃나무처럼 나도 지금은 아프지만 곧 건강하게 나을 사람, 이고 싶습니다. 꽃은 금방 떨어지고 말 것입니다. 육신의 슬픔을 갖고 있기에 세상에 살아 있는 모든 것은 시詩의 운명을 갖고 있습니다.

•

아슴푸레한 곳에는 신비로운 빛에 싸인 신기루, 그 너머 아득한 곳에는 흰 눈을 이고 서 있는 만년 설산을 두고 사막을 건넜습니다. 밤 침대열차에 누워 있으면 머리맡으로 사막의 달이 밤새도록 따라옵니다. 사막에서의 달과 열차는 앞서거니 뒤서거니 언제나 나란히 가고 있었습니다. 전설의 등산가 라인홀트 메스너가 최초로 에베레스트를 무산소 등정할 수 있었던 것은 베이스캠프에서 그를 기다리던 연인이 있었기 때문이라던 말을 들은 적이 있습니다. 숨찬 기차가 밤새도록 어둠을 뚫고 달릴 수 있었던 것도 기차와 함께 달리는 높고 맑고 영롱한 달이 있었기 때문이었습니다. 사막고양이와 방울뱀들이 잠들고 달맞이꽃마저 잠들어 꿈속이듯 밤이 가고 아침이 와도 여기는 아직 사막입니다.
그 광막한 타클라마칸 사막, 모래바람 속을 헤매며 미라를 보았습니다. 둔황의 굴에는 삼세의 부처님보다 먼저 그 부처를 갈대 줄기와 사금파리로 새기고 흙과 풀잎과 광물을 빻아 물감을 칠했던 그 먼 옛날의 사람들이 있었습니다. 시스티나 성당에서 하느님보다 그 천지창조의 천장화를 온몸을 눕히고 구부려가며 온 힘을 모아 그린 늙은 미켈란젤로, 그이가 평생토록 행했던 예술에의 전력투구가 눈물겹도록 먼저 와 닿았듯이 말입니다. 깨달음을 얻은 영원의 초인보다는 깨달음을 얻기 위해 온몸으로 산 순간의 일생이 더욱 아름다움을 보았습니다.

길이 끝난 곳에서 길은 시작됩니다. 그리고 그 길을 만드는 이는 다시 사람입니다.

서쪽 끝 로마의 귀족들에게 실크 드레스를 입히고 동쪽 끝 신라에 처용아비를 살게 했던 그 옛날 실크로드의 영화는 모든 흥망성쇠를 겪고 폐허가 되어 누워 있습니다. 권세의 상징이었던 어느 족장의 무덤의 표지만이 한 작은 박물관 유리 안에 삭아 부러진 돛대처럼 꽂혀 있습니다만 지리산 고사목 줄기 같은 그 돛대는 폐허의 이 사막을 어느 곳으로도 끌고 가지 못합니다. 길을 만드는 것은 사람의 출세와 명예와 재물을 향한 열정이 아니라 영원을 궁구하는 열정이었습니다. 사람들을 다시 그 사막으로 불러들이고 있던 것은 어두운 토굴 속에서 손가락이 짓무르게 부처님을 새겼던 영혼으로 살아가던 사람들이었습니다.

인공의 밀림에 갇혀 사는 타잔인 그대, 문명의 레미콘 속 토끼풀 여린 한 잎의 삶을 살고 있는 그대와 타클라마칸 사막 복판에서 소라고둥을 귀에 대고 듣는 먼 바닷소리, 함께 듣고 싶습니다. 갈대밭에 바람은 불고 있지만, 우주도 필경은 생멸을 거듭하지만, 그러하기에 더욱 지금 여기 숨 쉬고 있는 나는 너에게 너는 나에게 작은 위로가 되고 싶습니다.

•

아름다움의 으뜸은 단순미가 아닐까 싶습니다. 단순한 아름다움은 오랜 세월에서 살아남습니다. 명품이 됩니다. 시의 명품은 우리의 시조입니다. 헬레나 노르베리 호지라는 사람이 서부 히말라야 고원의 라다크 지방에 오래 살면서 그들의 자연친화적 공동체의 삶에 깊이 감동하여 '오래된 미래'라 이름했습니다. 그렇습니다. 한글의 우아한 품격과 유려한 아름다움을 잘 드러내는 시조는 시의 '오래된 미래'이기도 한 것입니다. 국경의 의미조차 흐려진 시대입니다만 그러나 우리는 여전히 한국인이며 그것은 변하지 않는 진리이자 자부심입니다. 가장 아름다운 정형의 시인 시조는 내가 시인이며 한국의 시인이라는 것을 일깨워 줍니다.

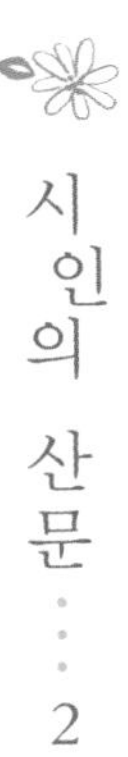

시인의 산문 2

능선이 훤히 드러난 텅 빈 산줄기, 차를 멈추고 전망대에서 바라보는 울산바위의 골짜기와 산마루에 알몸의 나무들이 서 있습니다. 거센 동해의 파도 소리, 물이 세차게 끓어오르는 소리를 내며 찬 바람이 몰아칩니다. 나무들이 몸을 웅크리고 떨고 있는 비탈에 다시 눈보라가 몰아칩니다. 올겨울이 너무 춥습니다. 그러나 나무는 추울수록 옷을 벗습니다. 살기 위해서라고 합니다. 한 오라기의 옷도 걸치지 않은 맨몸으로 강추위와 맞섭니다. 겨울나무들은 결핍의 극단에서 삶, 아니 죽음과 맞서고 있습니다. 다음 주에 또 한 차례의 폭설과 한파가 있다 하고 봄이 오기까지는 아직 몇 번의 폭설과 한파가 더 남아 있을 것입니다.
나는 그 겨울나무들에게서 삶은 결핍을 사랑하는 일, 그리고 그 결핍을 견디는 일임을 배웁니다.

봄이 오고 여름이 와도 마음의 계절은 언제나 겨울입니다. 실존하는 사람의 결핍, 결여는 채워질 수 없는 것이기 때문입니다. 그것은 필요한 물건을 만드는 것과는 다르며 이 시대의 아무러한 첨단 기기로도 채워질 수 없을뿐더러 또한 물을 마셔서 해갈되는 갈증, 밥을 먹어서 해결되는 배고픔이 아닙니다.
포이에시스.
시란 목적 있는 것의 미천함이 아니고 시란 채워질 수 있는 궁핍함이 아닙니다. 목적이 없는 것은 이루어질 수 없고 쓰임이 없는 것은 채워지지 않습니다. 시의 대상 앞에서 채워질 수 있는 본질은 없습니다.

겨울 저녁은 금세 와버립니다. 땅거미가 뿌리는 거미줄 같은 저녁 안개가 삽시에 몰려옵니다. 가만히 창밖을 보고 있으면 사방에서 몰려오는 어둠이 보입니다. 아귀 같습니다. 어둠은 하늘을 삼키고 마을을 삼키고 돌아오는 새를 삼키고 창문 앞에 서 있는 나뭇가지들에게까지 왔습니다. 진실하지 않은 것이 진실한 것을 삽시간에 삼키고 마는 것처럼, 꾸민 말 앞에 참된 말이 금방 그 자리를 잃고 마는 것처럼 희미한 겨울 저녁의 빛을 먹어가는 어둠은 빠릅니다.
유령처럼 그림자처럼 떠도는 지상의 삶을 조금만 더 진실 쪽에 잡아두기 위해서 나는 사라져가는 그 가지 끝을 놓칠세라 뚫어지게 바라보고 있습니다. 앙상한 나뭇가지 끝에서 스러져가는 빛이 고통으로 떨고 있습니다. 그러나 결국 사위는 어둠에 잠기고 나는 마지막까지 남아 있는 가지 끝과 눈 맞추고 가녀린 저녁의 숨결과 이별의 입을 맞춥니다.

어둠이 유리창으로 스며듭니다. 오늘이 가기 전에 전해야 할 마지막 순결한 말씀이 있어 눈이 흩날립니다. 눈발이 희끗희끗 날리기 시작하는 유리창이 차갑습니다. 이제 겨우 방 안을 구별할 수 있을 정도의 빛만이 벽이고 가구에 붙어 어슴푸레 빛납니다. 색깔의 출발은 무색이고 존재의 출발은 존재 없음, 비존재이며 소리의 출발은 침묵이라고 했던가요. 그리하여 모든 색깔은 무색으로 돌아가고 존재는 비존재로 소리는 침묵으로 돌아갑니다.
무엇을 보여주고 싶은 것일까요. 금방 태어난 것처럼 어리고 깨끗한 눈이 가늠할 수 없는 높이에서 허공을, 아니 공허를 즐겁게 뛰어내리는 저녁입니다.
아아, 이 눈의 가벼움을 견딜 수 없음이여.

가라앉은 침묵 속에서부터 문득 소름이 돋는 얇은 살갗 속으로 눈은 오고 그 조그만 돌기들 속으로 먼 벌레 울음소리 같은 눈이 스미어 쌓입니다.

이 저녁 나는 오는 눈보다 너무 무겁고 잃어버린 것들이 너무 그립고 그 그리운 마음을 깎는 일이 너무 힘이 듭니다. 초승달은 만월의 그림자를 가지고 있습니다. 어둠에 가려진 만월의 검은 외투 자락처럼 욕망과 분노는 언제나 덮칠 듯 펄럭입니다. 삶의 결핍을 어떻게 사랑해야 할까요. 이것만은 확실합니다. 내가 먼저 사랑하지 않으면 아무것도 그 누구도 마음을 열지 않을 거라는 것 말입니다.

보름달빛처럼 크고 맑고 부드러운 손으로 적막한 어둠에 싸인 산을, 강을, 마을을 고요히 어루만지고 싶습니다.
여름의 울창한 숲과 안으로 흐르는 깊은 강의 물결 소리와 어둠 속에서도 멈추지 않는 생명의 뜨거운 숨소리를 어루만지고 싶습니다.
모든 생명을 겨누고 있는 칼의 광기, 그 광기의 내면에 서린 유리 조각 같은 외로움을, 외로움에 지친 눈동자를 어루만지고 싶습니다.

따스한 대지의 넉넉한 손이 되어 봄을 믿고 겨울을 견디고 있는 풀잎의 얇은 등을, 한 알의 씨앗이 품고 있는 의미를, 초봄의 가랑비 되어 겨우내 얼어붙어 있던 마른 가지를, 포근히 어루만져 주고 싶습니다.
세상의 어둠을 할퀴며 목이 붓도록 울고 있는 매미의 짧은 생애를, 하루 일을 끝내고 돌아온 농부의 거친 손을, 밥상에 놓인 모든 음식을, 경건한 슬픔의 마음으로 어루만지고 싶습니다.

엄마가 아기를 어루만지듯이 아기의 웃음이 엄마를 어루만지듯이 병석에 누워 계시던 희망을 버리지 못한 늙은 아버지의 얼굴을 돌아가 어루만져 드리고 더 늦기 전에 어머니의 나무껍질같이 굳은 손을 어루만져 드리고 싶습니다.
삶의 고단함, 허무한 시간의 이마 위를 눈물의 손으로 어루만지고 싶습니다.
초로와도 같은 삶, 그 풀잎에 내린 이슬방울이 다 말라버리기 전에.